Para mi Tío Lalo, un gran cuentista,
y para mi amigo Arturo Madrid,
quien ama Nuevo México. PM

Para Meilia, Sabrina, Madeline, Kenneth,
Ira, Kyle, Arden, y James. ALC

Texto © 2008 de Pat Mora
Ilustración © 2008 de Amelia Lau Carling
Traducción © 2008 de Groundwood Books
Traducción de Elena Iribarren
Publicado en Canadá y los Estados Unidos en 2008
por Groundwood Books
Primera edición en rústica 2011

Groundwood Books / House of Anansi Press
110 Spadina Avenue, Suite 801, Toronto, Ontario M5V 2K4
o c/o Publishers Group West
1700 Fourth Street, Berkeley, CA 94710

Agradecemos el apoyo financiero otorgado a nuestro programa de
publicaciones por el gobierno de Canadá por medio del
Canada Book Fund (CBF).

Library and Archives Canada Cataloguing in Publication
Mora, Pat
Abuelos / Pat Mora ; ilustraciones: Amelia Lau Carling ;
traducción: Elena Iribarren.
ISBN 978-1-55498-102-1
I. Carling, Amelia Lau II. Iribarren, Elena III. Title.
PZ74.1.M668Ab 2011   j813'.54   C2010-904470-3

Las ilustraciones fueron realizadas en acuarela,
pastel y lápices de color.
Diseño de Michael Solomon
Impreso y encuadernado en China

Abuelos

Pat Mora

ILUSTRACIONES

Amelia Lau Carling

LIBROS TIGRILLO / GROUNDWOOD BOOKS

HOUSE OF ANANSI PRESS

TORONTO BERKELEY

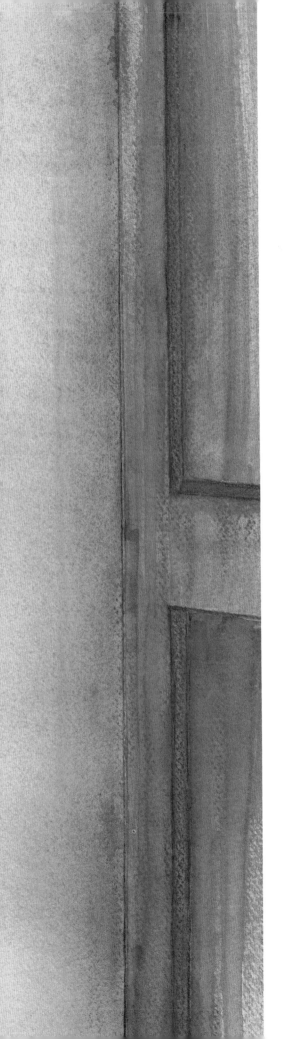

—¡Te voy a atrapar! –grita mi hermano. Me río y corro tan rápido como puedo a través de la nieve. Mi hermano Ray me persigue diciendo:

—¡Uuuuu, te voy a atrapar! I'm going to get you!

Corro hasta la casa que mi papá construyó. Él creció en este pueblo, y ahora todos hemos regresado a vivir aquí. Mis padres enseñan en la escuelita.

—¡Qué frío! –dice papá entrando detrás de mí–. Amelia, ayúdame a encender un buen fuego.

Junta sus manos frías y se las frota. Luego toma mis manos para calentarlas entre las suyas.

—Cuéntame, ¿qué te parece tu primer invierno en estas montañas de Nuevo México?

—Hace mucho frío –digo mientras ayudo a mamá a poner la mesa.

Después de la cena, me recuesto frente a la chimenea junto a mi abuelito y leo mi libro. El fuego cruje y chispea. Afuera, se escucha el silbido del viento.

—¿Chocolate? –pregunta papá mientras nos ofrece tazas de un espumoso chocolate con canela.

—Uuuuu –aúlla mi hermano para asustarme–. Uuuuu, los viejos de las montañas pronto vendrán a visitar a Amelia.

Me arrimo para estar más cerca de mi papá.

—Cuéntale, papá –dice Ray–. Cuéntale otra vez de aquellos hombres que bajan de las montañas.

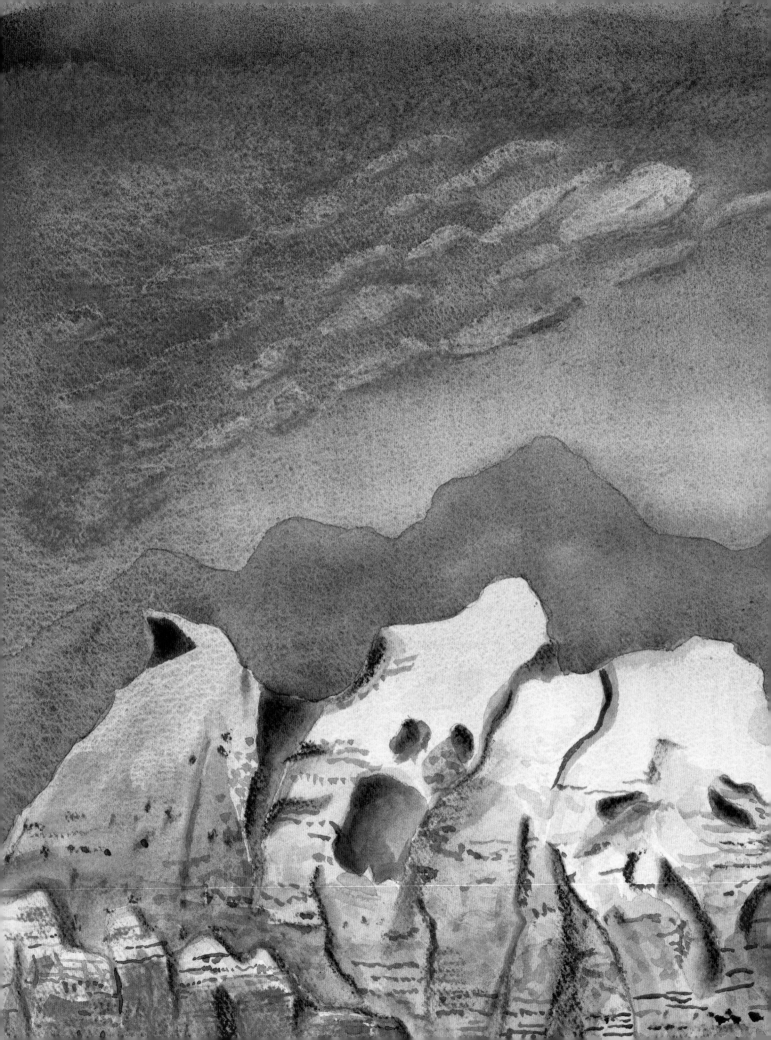

Papá me acaricia el pelo y me dice:

—¿Sabes, Amelia? Cuando tu abuelo era un niño en esta región, por las noches borrascosas de diciembre, como ésta, los abuelos bajaban de las montañas para asegurarse de que todos los niños habían sido buenos.

—¿Los abuelos? –pregunto yo–. ¿Cuáles abuelos?

—Así se les llamaba antes a los viejos de las montañas –aclara papá.

—¿Y por qué van a venir ahora? –digo–. Tengo miedo.

—No te preocupes, Amelia –dice mi abuelito–.
Recuerda que cuando lleguen los abuelos, esa noche tu tía
dará un baile en su casa. Todo el mundo vendrá con cosas
sabrosas para comer. Cuando vienen los abuelos, esa
noche el pueblo entero está de fiesta.

—Ya saben –dice mamá–. Pórtense bien los dos. No
jueguen cerca del río ni anden solos afuera de noche.
Los viejos de las montañas bajan para ver si los niños
obedecen a sus padres.

—¿De verdad bajan de las montañas, papá? –pregunto–.
¿O es una broma?

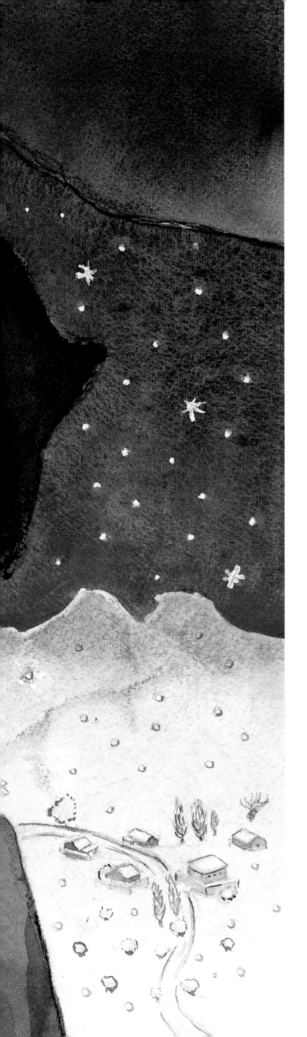

—Cuentan que los abuelos duermen en lo alto de las montañas, en unas cuevas oscuras y llenas de humo –dice papá–. Son peludos y sucios, y una vez al año bajan de las montañas para asegurarse de que todos los niños se estén portando bien.

Ray me susurra al oído: —Oscuuras y lleenas de huu…

—Stop it, Ray –le digo–. ¡No me asustes!

—Raimundo, ya basta –dice mamá.

Mi papá me da un abrazo de oso y me dice con una sonrisa:

—Nadie te va a hacer daño, Amelia. ¿Sabes lo escalofriante y divertido que es Halloween? Así también es la venida de los abuelos.

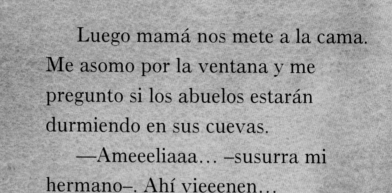

Luego mamá nos mete a la cama. Me asomo por la ventana y me pregunto si los abuelos estarán durmiendo en sus cuevas.

—Ameeeliaaa… –susurra mi hermano–. Ahí vieeenen…

—¡Mamá! –grito yo.

Oigo el viento afuera. Escucho. Creo que oigo a los abuelos roncando. ¿Y si me atrapan? ¿Y si atrapan a Ray? Enseguida me escondo bajo la colcha.

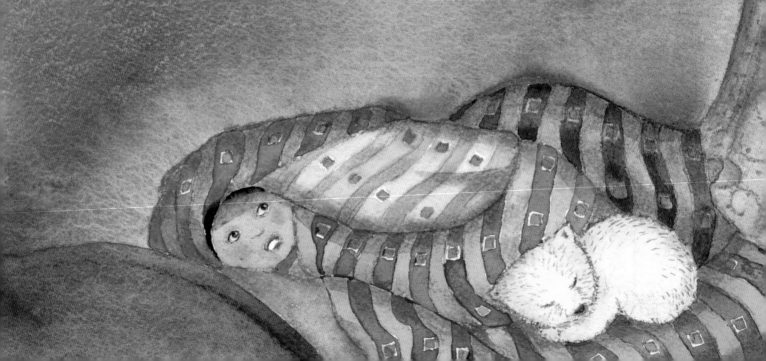

Al día siguiente, cuando salgo a juntar madera
para el fuego, Ray me llama y dice:

—Uuuuu, aquí vengo. Here I come.

Me río al ver a Ray con la ropa vieja del abuelito.
¡Qué disparate! Cuando me persigue, suelto la leña y
echo a correr. Me caigo en la nieve, pero me levanto
y corro más rápido. Ray me atrapa por el abrigo y no
me suelta.

—Soy un abuelo peludo y sucio. ¿Te has portado
bien? –me pregunta con una voz chillona.

—Sí –respondo con una sonrisa mientras me trato
de soltar.

Halo con fuerza y al fin logro escaparme. Corro
hasta la casa. Adentro todo huele a manzanas.

—Por favor, Amelia, lávate las manos y ven a poner la mesa –dice mamá dándome un abrazo.

—Sí, mami –respondo.

Enseguida hago lo que me pide porque, tal vez, los abuelos están escuchando. Veo que ha hecho un montón de empanadas de manzana. Me acerco para olerlas y siento ganas de probar una.

—Ahora no, Amelia –me dice–. Son para después.

Ray entra y trata de asustarnos. Mamá lo regaña.

—Raimundo, deberías portarte bien. Deja de asustar a tu hermana. Recuerda que los abuelos persiguen a los niños que se portan mal. Ahora, prepárate para la cena.

Al llegar papá, anuncia:

—Ésta parece una noche perfecta para que vengan los abuelos.

Mi abuelito me hace un guiño. Ray comienza a perseguirme.

—Para, ya –le digo–. Please stop!

Ray se detiene y susurra:

—Shhhh, listen. Alguien está en la puerta.

Doy un brinco y corro hacia mi papá. Él se dirige hacia la entrada, y entonces Ray y yo nos escondemos detrás de mamá. Muy juntitos, nos tomamos de las manos. De muy lejos, oigo tambores.

—Ray, escucha –le digo–. ¿Oyes los tambores?

Es nuestro tío. Como siempre, lleva sus zapatos chistosos. Entra diciendo:

—Buenas noches, buenas noches.

—Buenas noches, tío –contestamos.

—Ahí vienen –dice él–. Ahí vienen los abuelos.

—Vamos –dicen mis padres mientras nos ayudan con los abrigos.

Afuera la gente está haciendo una inmensa luminaria. Nuestros amigos nos invitan a correr alrededor de la fogata.

—¡Ahí vienen! ¡Ahí vienen los abuelos! –gritan los niños mayores.

Y cuando miramos hacia arriba, allí están, todos peludos y sucios.

—Uuuuu, Uuuuu, Uuuuu –aúllan los abuelos–. ¡Uuuuu!

—Uuuuu, Uuuuu, Uuuuu –responden los niños del pueblo.

Mi abuelito me da palmaditas en la cabeza. Ray me toma la mano y echamos a correr.

De las montañas bajan los abuelos, zapateando y llamando con sus voces chillonas:

—¿Quién se ha portaaado bien? ¿Quién se ha portaaado mal? ¡Nos enojamos cuando los niños se portan mal! Uuuuu, Uuuuu, Uuuuu.

Todos corremos alrededor del fuego, gritando y riendo.

—Corre, Amelia, corre –grita Ray–. No dejes que los abuelos nos agarren.

Veo a un abuelo corriendo hacia nosotros.

—Run, Ray, run –le grito a mi hermano.

El abuelo se acerca más y más, chillando: —Uuuuu.

Toma a Ray por el abrigo y lo atrapa. Levanto la mirada y le veo la cara al abuelo, toda peluda y tiznada; veo su traje, todo roto y cubierto de hollín.

—¿Has sido un niño bueno? –le pregunta a Ray.

—Suéltalo –le digo al abuelo mientras lo agarro por su traje–. Suelta a mi hermano ya.

—¿Quieres que suelte a tu hermano? –me pregunta el abuelo.

—Sí, sí, suéltalo ya.

En ese instante veo que algo cae al suelo, justo al lado de los zapatos del abuelo.

—¡Dame mi máscara! –gruñe el abuelo tapándose la cara con una mano.

—Corre, Ray, corre –le grito a mi hermano.

Tomo la máscara y trato de huir cuando, de pronto, el abuelo me atrapa por el abrigo. Halo y halo, pero no me logro zafar. Entonces, miro hacia abajo y veo unos zapatos chistosos.

Alrededor de nosotros, todo el mundo corre y grita.
Alguien me tropieza y se me cae la máscara. Enseguida el
abuelo la recoge. Por un instante, le veo la cara. ¡Es mi tío!
Me guiña el ojo y se lleva un dedo a los labios. Halo mi
abrigo con todas mis fuerzas y huyo corriendo, pero mi tío
me persigue. Oigo las voces de mis amigos: —¡Corre,
Amelia, corre!

Algunos de los muchachos grandes cantan: —Jingle
bells. Abuelo smells.

Papá se acerca, me toma de la mano y corre conmigo.
También Ray y mi abuelito se juntan a nosotros.

—Uuuuu –los abuelos aúllan y se ríen mientras nos
persiguen alrededor de la fogata.

Me siento segura junto a papá, y empiezo a reírme.

—Uuuuu –respondemos nosotros, mientras corremos y
corremos. El fuego arde y cruje.

Cuando al fin la tía abre la puerta de su casa, todos
nos precipitamos adentro. Hay un olor a azúcar tibia. Las
mujeres nos ofrecen bizcochitos de anís y mamá trae sus
empanadas de manzana.

El abuelo con los zapatos chistosos se acerca. Nos
empuja a Ray y a mí hasta el centro del salón y nos dice
que tenemos que bailar.

—¡Que bai-len, que bai-ai-len! –y se pone a cantar con
una voz divertida–: Turún, tun, tun. Turún, tun, tun.

Ray y yo bailamos. Los demás aplauden. Otro abuelo
empieza a tocar el violín y todos, hasta los abuelos, se
ponen a bailar. El abuelo con los zapatos chistosos baila
con mi tía, luego baila con mi mamá. Entonces se quita la
máscara, y Ray y yo bailamos con mi tío.

Notas de la autora

En 1994 empecé a pasar temporadas en Santa Fe, en el estado de Nuevo México, donde ahora vivo. Como me interesan las tradiciones culturales, visité museos y me puse a leer sobre las costumbres del norte de Nuevo México. La tradición de "los abuelos" me llamó mucho la atención. Por suerte, sucedió lo mismo con mi editora, Patsy Aldana.

Para mi, las palabras "los abuelos" no significaban otra cosa que lo que designan comunmente, hasta que leí algunas referencias a la tradición invernal de "los abuelos", que en el pasado se celebraba en los pueblos de Nuevo México. Estoy muy agradecida a los académicos que estudiaron esta tradición y escribieron sobre ella, así como a los artistas y a los animadores culturales que nos enseñan y recrean estas costumbres del pasado.

En una visita al museo Millicent Rogers en Taos, compré el librito "Oremos, Oremos: Midwinter Masquerades", que explica, principalmente a través de entrevistas, la fiesta tradicional en la que unos hombres enmascarados y cubiertos de hollín, aparecían y preguntaban sobre el comportamiento de los niños. En la foto de una de estas representaciones pude apreciar la excitación generada por la llegada de los abuelos, así como las fogatas (o luminarias) hechas por la gente del pueblo y los disfraces pavorosos. La fiesta se asemeja a otras tradiciones como la del Coco o el Cuco, representado por hombres disfrazados (aunque a veces también por mujeres y niños mayores), que inspiran en los chicos una mezcla de miedo y de alegría con el fin de recordarles la importancia de las oraciones y del respeto hacia sus padres.

El espanto mezclado con la risa me recordó a Halloween, aunque en "los abuelos" hay un fuerte tema familiar y comunitario con la fiesta multigeneracional al final de la noche especial.

La vida está llena de sorpresas. Cuando mi marido, profesor de antropología, visitó el año pasado el Japón, tuvo la oportunidad de ver una representación del "Namahage", una tradición similar de hombres enmascarados que visitan las casas para comprobar que los niños estén estudiando.

Como me asusto fácilmente, preferí escribir una versión amable donde imagino a una niña valiente respondiendo a la llegada de los abuelos. ¡Disfrútenla!

Pat Mora